衛斯理系列 少年版 25

大廈

下

作者：衛斯理

文字整理：耿啟文

繪畫：鄺志德

衛斯理
親自演繹衛斯理

老少咸宜的新作

　　寫了幾十年的小説，從來沒想過讀者的年齡層，直到出版社提出可以有少年版，才猛然省起，讀者年齡不同，對文字的理解和接受能力，也有所不同，確然可以將少年作特定對象而寫作。然本人年邁力衰，且不是所長，就由出版社籌劃。經蘇惠良老總精心處理，少年版面世。讀畢，大是嘆服，豈止少年，直頭老少咸宜，舊文新生，妙不可言，樂為之序。

倪匡　2018.10.11　香港

主要登場角色

白素

韓澤

衛斯理

羅定

王直義

小郭

第十一章

　　那個老僕人在我背後，拿着一根古怪的金屬管子，對

我**圖謀不軌**，給我轉身時看到了。雖然他立即把金屬

管子滑進衣袖裏去，裝作若無其事，但從他臉上的神情可

以看出，他只是**強作鎮定**。

　　一直未曾懷疑過這個老僕，實在是我的*疏忽*，他與

王直義一起生活，王直義要是有什麼秘密或勾當，他當然

也知道，甚至有參與其中。

　　我倆呆立着不動，他自然不知道如何是好，而我也有

同樣的感覺，事情來得太突然了，我該採取激烈的行動，

還是用**溫和**的方法引導他慢慢説出秘密？對方畢竟是個

老人，所以我選擇了後者。

「**那是什麼玩意？**」我微笑了一下，平和地問。

但我才一開口，老僕就像被利刀刺了一下一樣，直跳了起來，轉身就跑。我早已料到他會有這樣的反應，立時搶前擋住了他。老僕收不住勢，一下子撞在我的身上，我伸手扶住他說：「別緊張，不論什麼事，都可以商量。」

只見他神色驚惶，口唇發顫，**汗水** 🌢 自額上大顆大顆地沁了出來，汗珠沿着臉上的皺紋淌下，但他的皮膚竟然完全不沾汗，這說明了一件事：在他整個臉上，塗滿了某種塗料。

他是經過**精心化裝**的！

而且，我扶住他的時候，發現他手上的肌肉十分結實，完全不像一個老年人的狀態，那毫無疑問，他是一個年輕人所扮的！

我深深地吸了一口氣，「別緊張，**年輕人！**」

他的化裝被我識穿了，登時張大了口，急速地喘起氣來，嘴唇顫動了好一會才説：「衛先生，我實在很佩服你，我……我知道很多……你的事，我……也知道你的為人……」

他顯然在極度驚駭的狀態中，我拍了拍他的肩頭説：「**別驚慌**，不會有什麼大問題的。」

他語帶哭音道：「可是，**死**了一個人**！**」

我直視着他，「是你殺的？」

他駭然地搖着頭，又搖着手。我説：「既然不是你殺的，那你怕什麼？」

「我……實在害怕，我求求你，你先離去，我會和你見面，

讓我先靜一靜，好不好？求求你。今天 **天黑之前**，我一定會和你聯絡！」

我不禁躊躇起來，我能相信他嗎？萬一我離去之後，他逃得 **無影無蹤**，那怎麼辦？他甚至可能會通知王直義永遠不要回來，那麼最重要的 **線索** 就斷掉了。

我於是硬着心腸，搖頭道：「不行，現在就談。或者，隨你高興，我們一起到警局去？」

他一聽到要去 **警局**，驚惶得後退了一步，喃喃地說：「何必要這樣？何必？」

「那麼你現在就告訴我，王直義是什麼人？你又是什麼人？」我用嚴厲的聲音逼問他。

他不回答。

我又問：「**你們做過什麼？**」

他仍然不回答。

我提高了聲音：「你剛才手中拿着的是什麼？」

他還是不回答，但這個問題不需要他的回答，我也能自己找出答案。

我突然伸手抓向他的手臂，他向後一縮，但還是給我抓住了衣袖，「嘶」地一聲，衣袖被扯了開來，那支金屬管子掉在地上。

我連忙俯身去拾起那**金屬管子**，可是一時大意，沒料到他會對我反擊，就在我彎身撿拾的時候，我的後腦猛地受了重重的一擊。

我不知道他用什麼東西打我，但是那一擊的力道極重，我立時仆倒，**天旋地轉**。我在倒地的時候，還來得及伸手向他的足踝拉了一下，令他也仆倒在地。但是我無法再有進一步的行動，因為那**一擊**實在太重了，以致我在倒地之後，很快就昏了過去。

當我醒來時，後腦好像有一塊燒紅了的鐵在炙着。我睜開眼來，眼前一片漆黑，那種**漆黑**和身處黑暗之中全然不同，我感到有點不對勁，便大叫起來。

有人立時按住我的肩，我同時聽到了傑克的聲音：

「**鎮定點！**」

這樣使我更不鎮定，因為我知道傑克就在我的身邊，但我完全看不見他。我急速地喘着氣，「我怎樣了？我看不見，什麼也看不見！」

傑克仍然按着我的肩，「是的，醫生已預測你會看不見東西，因為你 後腦 受傷，影響到了 視覺神經，不過，那應該是暫時性的。」

「要是長期失明呢？」我忍不住吼叫起來。

傑克沒有出聲，我突然感到有人抱住了我，把我嚇了一跳，但我很快就感覺到對方是白素，她溫柔地說：「別擔心。醫生說，你有很大的復原機會。」

「那就是，也有不復原的可能？」我失聲道。

白素解釋：「你後腦有一小塊 瘀血 壓住了視覺神經，有兩個方法可以消除，一是動腦部手術，一是利用雷射光束消除它，有辦法的！」

經過白素這樣解釋，我安心了不少，又躺下來，遷怒於傑克：「上校！都怪你，把我一個人留在『覺非園』！」

我聽到傑克嘆了一口氣說：「我以為你是故意留下來，憑你的聰明才智去深入*調查*。對了，你在『覺非園』究竟遇到了什麼事？是誰襲擊你？我們曾找過那個老僕，可是他失蹤了。」

此刻我實在不想和他說話，我大喝道：「你給我滾出去，走！**我需要休息！**」我一面叫，一面伸手指向前。

傑克這個時候居然還*自作幽默*地說：「好，我走。不過，我無法照你所指的方向走出去，那裏是牆。」

若不是白素用力按着我，我一定*跳*起來，向他直撲過去。

傑克走了之後，白素在我耳邊輕柔地說：「你不能發

怒，必須靜心休養，等你後腦的傷勢有了轉機，醫生才能替你動進一步的**手術**。」

我苦笑着，緊握着她的手，她餵我服藥，大概是由於藥物的作用，我*睡着*了。

接下來兩天，我一直昏睡，白素二十四小時在我身邊，當我醒來的時候，她告訴我，傑克來過好幾次，看來他很急於和我交談，但是又不敢啟齒。

白素還告訴我，警方正全力追尋那個「老僕」，可是未有**成果**。

那自然很難有成果，在擊倒我之後，那「老僕」一定早已洗去了化裝，不知道躲到什麼地方去了。

這時我才記起那根怪異的**金屬管**。我記得自己在昏過去之前，曾把那「老僕」拉跌，當時我已仆倒在地，將那金屬管壓在身體之下，而那「老僕」則倉惶逃走。

一想到這裏，我的手不由自主地向牀邊 *摸索* 着，白素隨即問：「你要什麼？」

「我的東西呢？我是說，我被送到醫院來之前，身上的衣服和所有的東西。」

「全在。」白素說：「我已經整理過了，但有一樣東西好像 **不屬於你的**。」

我吸了一口氣，「一根圓形的金屬管？」

「對，我不知道那是什麼，但感覺到它一定很重要，所以我收了起來，而且也詳細**研究**過它。」

「那是什麼？」我着急地問。

「不知道，它的構造很複雜。」白素的回答令我**失望**。

我又問：「至少，它看起來像什麼？當時，拿着這金屬管的人，將它有玻璃的那部分，對準了我的背部，那是什麼秘密武器嗎？」

「應該不是。」白素説：「它看起來像是**攝影機**，或類似的東西。」

我沉默了一會，才説：「將它藏好，別讓任何人知道你有這東西，等我恢復了視力再説。」

白素答應着，這時傳來**叩門聲**，白素走過去開門。我已經能從皮鞋的腳步聲辨認出對方是傑克，於是開口

道：「上校，你好。」

只聽到他匆匆走來我的牀邊，對我説：「**王直義**從 槃城 回來了！」

第十二章

全是意外

王直義是這一切**不可思議事件**的關鍵人物，甚至可能是幕後主持。但現在我是一個瞎子，能應付得了他嗎？

傑克又說：「王直義要求見你。他從**機場**直接來，如今就在病房外，你要見他嗎？」

雖然我現在的狀況不太好，但難得他主動找上門，我不能放過追尋 真相 的機會，於是說：「好的，請他進來。」

傑克的腳步聲傳開去，接着是開門聲，又是**腳步聲**，然後王直義的聲音響起來：「我聽了上校提及你的狀

況，心裏很難過，希望你能早日康復。」

我竭力 **鎮定** 地説：「謝謝你來探望我。」

「我希望和你單獨談話，可以麼？」王直義問。

白素立刻代我 **拒絕**：「不行，他需要我的照顧，不論在什麼情形之下，我都不會離開他半步。」

我點了點頭，「是的。而且我們夫妻之間根本沒有任何 **秘密**。」

　　我的意思再明白不過了，只有白素在，我才肯和王直義交談，這是非常合理的要求，對保障我這個 瞎子 👁 的安全來説。

　　王直義似乎考慮了一會，然後對傑克道：「上校，可以讓我和他們談一會嗎？」

　　「好的。」傑克説了一聲，然後我聽到他離開房間的聲音。

如今*病房*內應該只剩下我們三人，我首先開口道：「王先生，你有什麼話，可以放心說，凡是我知道的，我太太也知道。」

王直義開口道：「衛先生，現在，你已經知道不少了？」

我冷笑着，「在我的標準而言，*我覺得自己知道得太少了！*」

「你至少知道，所有的事情，和我有關。」

我故意笑起來，「如果我不知道，就不會落得現在這個*下場*了。」

「你這個情況，我實在感到抱歉。」王直義的語氣聽起來非常由衷，而他竟然 開

開門見山地問我：「要什麼條件，你才肯完全罷手？」

我的回答也十分爽快：「很簡單，先讓我知道這背後的一切，然後我再判斷是不是應該罷手。」

我看不到王直義的神情，但聽到他的呼吸聲變得急促，那表示他十分**憤怒**。過了好一會，他才嘆了一聲說：「你不會明白我在做什麼的，也不需要明白，這一切根本與你無關。」

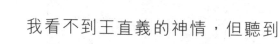

「我的**好朋友**失蹤了，難道與這件事無關嗎？」我質問道。

王直義又嘆了一聲，語調帶着深切的悲哀：「郭先生的失蹤，完全是一個**意外**。」

「那麼陳毛的死呢？」

「**更是意外！**」

「還有羅定的失蹤！」我**步步進逼**。

王直義再沒出聲，我繼續狙擊：「現在連我也受襲失明了，不能説與你無關。王先生，你是一個犯罪者，雖然可能沒有證據，法律不能將你怎樣，但是我不會放過你！」

我聽到王直義指節骨發出「**格格**」的聲響，我想他一定是因為受了我的指摘，在憤怒地捏着手指。

過了一會，白素説：「對不起，王先生，如果你的話説完了，他需要休息。」

我沒有再聽到王直義講任何話，只聽到他帶着憤怒的腳步聲**走**了出去。

接着傑克又走了進來，自然是追問我剛才對話的內容，我敷衍了幾句就將他打發走。

房間只剩下我和白素的時候，我問她：「剛才王直義的神情有沒有什麼特別的地方？」

白素認真地**分析**：「他的神情一直顯得非常無可奈何，像是想取得你的同情和諒解，不過被你逼得太緊，最後憤怒地走了。」

「那表示他**作賊心虛**，不敢面對我的指摘。」

但白素有點憂慮，「要不要叫傑克上校多派點人來保護你，畢竟你現在⋯⋯」

我搖頭道：「不用，我倒想知道王直義接下來會怎麼做。」

白素沒有再說什麼，只是握緊我的**手**。

接下來的三天，平靜得出奇，傑克來看我的次數減少，我也沒受到任何騷擾。

醫生說我的傷勢好轉了不少，快可以消除瘀血，恢復

我的視力。

這段期間，我雖然身在 **病房**，一樣做了許多事。小郭事務所的職員不斷來探望我，我也對他們作了不少指示。小郭仍然蹤影全無，也再沒有不可思議的電話打回來；而羅定的情形也一樣。

我仍然不放棄對王直義的監視，但是那幾位負責 *跟蹤* 的職員說，王直義進了「覺非園」之後，根本沒有再出過來，實在無法想像他一個人是怎麼生活的。

一直到了我要進行 **雷射** 消除瘀血塊的那一天，事情仍然沒有變化，而我的心情十分緊張，不知道手術是否會成功。

我被抬上 **手術台**，固定了頭部，我聽到旁邊有許多醫生在低聲交談，頓時有種白老鼠等待着被人解剖的可怕感覺。

我被局部麻醉，事實上和完全麻醉差不多，我感受不到手術的過程，直到突然之間，我見到了 光 。真的，那是切切實實，由我雙眼所見到的光！

然後，我聽到醫生說：「如果你現在已經能看到一點東西，請你閉上眼睛一會！」

我能聽出醫生的語調非常緊張，那是因為，我能否看到東西，就代表 手術 是否成功。

我本來是應該立即閉上眼睛的，如果我那樣做的話，他們一定興奮地歡呼，慶祝手術成功。

然而，就在我快要閉上眼睛的 一刹那，我腦海裏突然起了一個念頭——如果別人一直以為我是個瞎子，那麼，我就可以佔莫大的便宜了。

我於是睜着雙眼，沒有閉上眼睛，我聽到了一陣失望無奈的低嘆聲。事實上，這時我已經可以看到，圍在我身

邊的那幾位 🩺醫生 那種極度失望的神情，使我心中有種說不出來的歉疚。

一位醫生說：「可以再做一次！」

但是主治醫生搖頭道：「至少等 **三個月**，不然對他的腦神經，可能會起不良影響！」

我覺得我應該說話了，我用微弱的聲音說：「我寧願三個月之後，再試一試。」

過了一會，我被推出手術室，白素立刻迎了上來，她顯然已經知道了「**壞消息**」，所以神情悲戚，一副不知道該如何安慰我才好的模樣。

一直到夜深人靜，我肯定不會有人偷聽到的時候，我才將實情告訴她。

白素聽了之後，氣得幾乎要把我再打昏一次，狠狠地 **責備** 道：「你這樣做，對所有關心你的人，還有盡心盡

意為你治療的醫生，都太**殘忍**了！」

　　我苦笑道：「我知道。但是要讓王直義以為我還是一個瞎子，他才會鬆懈防備。」

　　白素嘆了一聲，搖了搖頭，仍然對我偽裝失明的行為**不敢**苟同。

第十三章

同謀者來訪

第二天，在醫生的同意下，我回到家中休養，行動仍需要人扶持。

回到家裏不久，就有電話📞來找我，是白素接聽的，只對答了一句，她就轉交給我：「一把陌生的聲音！」

我接過電話來，聽到對方急促地說：「衛先生，原諒我，我不是故意的，當時我實在太焦急了！」

我聽出是「老僕」的聲音，立即厲聲道：「嘿，原諒

你？可以。你馬上來到我面前，讓我也重重擊向你的後腦一下，那就算是**扯平**了！」

那「老僕」竟然說：「我還以為你不想見我，那就好，我本來就想去見你！」

這真的出乎我**意料之外**。

「就算你來了，我也見不到你，因為我什麼也看不到！」我說。

他的語氣十分歉疚：「你的狀況，我也聞說過，我真的很 **內疚**，如果你不想我來——」

我怕他改變主意，連忙説：「好吧，如果你一定要來，我在 家裏 等你，因為我不能到其他地方去，而且，我也不想到其他地方去！」

那「老僕」欣喜道：「好，好，我馬上來！」

我把 **地址** 告訴他，然後便掛了電話。

白素向我望來，我解釋道：「是那個在『覺非園』襲擊我的人，他在一連串神秘事件中，可能與王直義扮演着同樣 **重要的位置**！」

「他要來嗎？那怕不怕？」白素面有憂色。

我説：「我只是裝盲，不是真盲，還有你在 暗中監視 ，他沒那麼容易再偷襲我。而且，就算他不來找我，我也要去找他。」

「你打算一個人應付他？」

我點了點頭，「是的。如果有你在旁，他可能會起了戒心，不願意說出太多*秘密*。」

「也說得對。好吧。」

白素機警地躲在**一扇屏風**後面，而我則坐着，盡量將自己的神情，控制得看來像一個瞎子。

約莫十五分鐘之後，門鈴響了，我大聲道：「推門進來，門沒有鎖。」

門推開，有人走了進來，我沒有抬頭向他看去，我並不急於看他是什麼**模樣**，因為我總有機會看到的，這時最重要是令他相信，我是**看不見東西**的。

對方順手將門關上，說：「衛先生，是我，我來了。」

「請坐吧。你已經坐下來了嗎？如果需要喝點什麼，請自己去拿，家中沒有別人。」我說話的時候故意對錯了

方向，但其實我已經看清他的模樣了。

不出我所料，他是一個年輕人，大約只有二十三四歲，面色蒼白，雙手不停地在衣服上抹着手心裏的 **汗**，「衛先生……請原諒我，我……當時實在太吃驚了！」

我皺了皺眉，摸了摸裹着紗布的 **後腦**，接着揮一下手道：「算了。你不見得是為了說這種話才來找我的吧？」

「當……然不是。」

「那麼，你先說說，那根 **金屬管** 是什麼東西？當時你拿着它對準了我，是想幹什麼？你說！」

在我一連串的問題之下，他顯得極其不安，不斷地搓着手，「衛先生，我的名字叫 **韓澤**。」

我呆了一呆，韓澤這個名字，好像在什麼地方聽聞過。我極力在腦海中回想了一下，終於記起來了，我曾經

在一本**雜誌**裏看過關於他的報道。韓澤，自小就被稱為數學天才，十六歲進了大學，二十歲當了博士。

對了，就是他！

我點頭説：「韓先生，你就是被稱為**數學界彗星**的那位天才？」

韓澤苦笑了一下，「衛先生，原來你看過那些報道。沒錯，在**數學**方面，我很有成就。不過，比起王先生來説，我還差得太遠了！」

我心中一凜，他口中的王先生，自然是指王直義，但我一直以為王直義只是一個**古怪商人**，如今韓澤這樣説，實在令我大吃一驚。因為在數學方面，成就明顯比韓澤高的人，雖然不能説少，但也絕對不多，而又是華人的話，我數了一數，登時大吃一驚，連忙問：「你説的王先生，是**王季博士**？」

韓澤吸了一口氣，「是，就是他。」

我又問：「他就是王直義？」

韓澤吞了一口口水，「**沒錯。**」

我呆了半晌，才説：「我不明白，像你們兩個這樣傑出的科學家在一起，究竟在幹什麼？為什麼要喬裝成另一個人？」

韓澤的口唇在顫動着，「我們⋯⋯正在做一項實驗。」

我冷笑道：「你們的行動完全不像做**實驗**，而是犯罪！」

韓澤極力替自己辯護：「我們本來也不想那樣做的，但這項研究需要龐大得難以想像的資金，我們自己一輩子也難以籌集這筆**資金**，必須有人支持，而⋯⋯」

韓澤講到這裏，現出十分驚惶的神色來，**四面張望**好像怕自己所講的話會被人聽到。

「怎麼樣？」我厲聲追問。

韓澤語帶哭音說：「我⋯⋯我是不應該說的，我們曾經**答應**過，絕對不向任何人提起！」

屋子裏很靜，我不得不佩服白素，她躲在屏風之後，連最輕微的**聲音**都沒有發出來。

我冷冷地說：「身為一個科學家，你應該有你的良知。科學家不是應該探求真相的嗎？而你卻偏偏掩藏真相，**蒙騙整個世界！**」

他看來受不了良心的譴責，一大顆一大顆的汗珠在額上淌下來。

我繼續逼問他：「郭先生失蹤，陳毛死了，羅定也不知去向，這全是你們所犯下的罪行，是不是？」

「不是！那完全是意外，**是意外！**」他神情很激動，顯然是內心**掙扎**得非常劇烈。

我厲聲道：「你應該將一切和盤托出！」

「我……實在不能說，支持我們做實驗的人……」

他講到 **緊要關頭**，又停了下來，我忍不住厲聲喝道：「你要麼就說，要麼就滾！」我伸手向前直指着，故意指得不太準確。

韓澤站了起來，離開了**沙發**，連連後退，哽咽着說：「求求你，別逼我，我不能說，要是我說了出來，一定會死的！」

「那你來找我幹什麼？」我問。

他苦着臉，「我來請你，將那…… 攝

影機 還給我！」

我呆了一呆，他口中的「攝影機」一定就是那根金屬管，那到底是什麼樣的攝影機呢？

我堅定地拒絕：「對不起，我要用那東西，作為你犯罪的**證據**！」

韓澤着急得連聲音都變尖了：「你鬥不過他們的，尤其你現在什麼都看不見，你一定鬥不過他們！為了你自己，為了我，求求你，別再管這件事了，只要你不再管，就什麼事也沒有！」

我冷笑道：「太好笑了，郭太太每天**以淚**洗面，在

等她的丈夫回來！」

「郭先生會回來的，只要……我們能定下神來，**糾正錯誤**，他就可以回來了！」

我聽他講得十分蹊蹺，忍不住問：「他在什麼地方？」

韓澤雙手掩着臉，「*別逼我！*」

他受不住壓力，突然轉身就走，開門走了出去，連門也沒有關。

「怎麼了？你跑了嗎？」我仍假裝看不到東西，慢慢地摸索着向 門口 走去。

我看到韓澤像一隻受驚的老鼠那樣逃跑，但這時突然有一輛 汽車 疾駛而來，就在韓澤的身邊急煞了車。接着，車裏跳出了兩個大漢，韓澤一看見他們，登時變得更驚慌，想拔足逃跑，但是那兩個大漢已經一邊一個，挾住他了。

　　我看到這個情形，心中十分為難，如果我出手，我裝

盲的計劃會被識穿，但如果我不出手，韓澤的處境就 **非**

第十四章

💰 重金收買

就在我考慮該不該出手的 **電光火石** 間，韓澤已經被那兩個大漢抓進車裏去，我就算想出手，也來不及救他了。

我只能大聲喊：「韓澤！你走了嗎？快回來給我 **說清楚！**」

我這樣叫，一來可以繼續保持瞎子的偽裝，二來也讓對方知道，韓澤實際上還未對我說出什麼秘密，如果那些人真的是為了守護秘密而來的話，這樣說對我和韓澤的 **安全** 都有好處。

其中一個大漢在上車之際，回頭向我望了一眼，車子

立時以極高的 *速度* 駛去。

　　我站在門口，心頭怦怦亂跳，剛才回頭望我的那個大漢，我是認得的。他額上那條斜越眉毛的疤痕瞞不了人，我曾見過他好多次。他的外號叫「鯊魚」，是一個極有地位的黑社會頭子，據説他控制着**世界毒品市場**的七分之一，勢力龐大。

　　我吃驚的是，像鯊魚這等身分的人，居然會親自出手劫持韓澤。身分神秘的「幕後主持人」不可能這樣拋頭露面，那就是説，鯊魚不是「幕後主持人」，他也是受人指使辦事的。能夠隨便指揮像鯊魚這樣的大頭子去幹一件小事，那個「幕後主持

人」地位之高，實在到了**匪夷所思**的地步。

我呆立在門口，街上已回復平靜，我聽到白素的**腳步聲**!!在我身後傳來，我對她說：「韓澤被人推了上車，推他上車的人之中，有一個是鯊魚。」

白素自然也知道「鯊魚」是**何方神聖**，不禁嚇了一大跳：「你看錯了吧！」

「不會錯，而且，鯊魚也看到我了。」我關上門，轉過身，和她一起回到屋中，突然想起問：「那根金屬管呢？」

白素帶我到書房去，在櫃子的暗格裏取出了金屬管交給我。

我仔細看着，並用一套**工具**，小心地將它拆開。

韓澤稱它為攝影機，白素也説過它像攝影機，那是因為，它的一端，是像凸透鏡一樣的玻璃裝置，看起來像是鏡頭。可是除此之外，其他部分我看來看去，也看不出個所以然來。

在拆開的金屬管裏，有着複雜無比的電路板和**電子組件**，雖然我不是這方面的專家，但也能看出，它的結構比攝影機精細複雜得多，感覺是在**科幻**電影裏才會看到的先進裝置。

我足足花了一小時去研究這件東西，也沒有結果，只好又將它組裝回原狀。

天色漸黑時，我聽到接連幾輛車子停在外面的聲音，我走到 窗邊 ，拉開少許窗簾往下看，見到三輛大房車停在我家門口，有兩個人正下車走向大門，伸手**按鈴**。

我認出其中一個身形高大，身穿西裝的男人，正是鯊

魚；而在他身後的那個大漢，比他更高更壯碩，手中提着一個極大的**鱷魚皮旅行袋**🔒。

我來到書房門口，聽到白素説：「對不起，衛先生從醫院回來之後，**心情**不太好，不想與人談話，請兩位——」

但鯊魚已啞着聲道：「衛太太，他今天不是已經和一個人交談過嗎？我姓沙，絕對沒有惡意的。」

我從**書房**🏛門口走到樓梯口，大聲問：「哪一位要見我？」

我在發話的時候，揚着頭，裝出一副盲人的神態，鯊魚向我喊道：「是我，衛先生，**鯊魚**！」

我皺着眉，手一直不離開**樓梯**的扶手，慢慢向下走來，裝作疑惑地説：「鯊魚？你不會是那個——」

我的話還未説完，他已經接上道：「我正是那個鯊

魚，衛先生。」

「請進來！」我一隻手扶樓梯，一隻手做出「**請進**」的手勢。

白素走過來扶住我，鯊魚和他的手下跟着我們走進客廳，我和鯊魚面對面坐了下來。

鯊魚先開口，十分客氣：「衛先生，**久仰大名！**」

他講了這句話之後，忽然哈哈地笑了起來：「我認識的很多人，都吃過你

的苦頭！」

我淡然一笑，開門見山地問：「沙先生特意來找我，不知道有什麼事？」

「衛先生，有一項工作，需要 **高度保密**，不能讓人知道，我想請你做這項工作的保安主任。」

我呆了一呆，他馬上補充：「請放心，這不是什麼 *犯法* 的勾當。事實上，我也只是受人所託，本來這件事的保密工作，是由我來負責的，可是我顯然不稱職，所以我推薦你。」

「沙先生，你做不了的事，我也未必做得好。而且，你看，我已喪失了 **視力** 👁，現在幾乎什麼也做不了。」

「你太客氣了，事實上，這件工作，你不必花什麼心思，只要動一點 **腦筋** 就行。」

「究竟是什麼事？」我問。

鯊魚想了一想，然後說：「事情說出來，也很簡單。有一位偉大的科學家，正在進行一項偉大的*研究*，而他的研究，需要一個極度機密的環境，所以想請你來幫忙！」

鯊魚已經將話講到這個地步，我亦不必再裝作什麼也不知道了，我自然而然地笑了起來，「沙先生，你真聰明，或者說，你們真聰明，不是來威迫我**保守秘密**，反倒來請我保護秘密。」

鯊魚也笑了起來，「你已經料到是什麼事了，韓澤剛才來找過你。」

「是的，可是他的**膽子**很小，什麼也沒有說，就急急走了。」

「那是他聰明。而你，衛先生，如果願意接受這份工作，這裏就是聘金！」鯊魚把手下提着的那個鱷魚皮旅行

袋拿過來，放在几上，拉開了拉鍊。

我瞥見那是滿滿一皮包的**百元美鈔**▉▉▉▉，一時之間也無法估計總值多少錢。當皮包拉開的時候，鯊魚緊盯着我，顯然在試探我是否真的看不見。

幸好我控制住了自己的神情反應，平靜地微笑道：「抱歉，我看不見。」

「是**兩百萬美鈔**，只要你點點頭，全是你的！」鯊魚説。

我完全無動於中，只問：「沙先生，剛才你説過那件事與犯罪無關，可是據我所知，已經有兩個人失蹤，一個人**離奇死亡**，你又怎麼解釋？」

鯊魚呆了一呆，「對於科學，我一點也不懂。據他們説，那只不過是意外。」

我吸了一口氣，「這句話我已經聽過好幾遍了，可是

什麼樣的意外，會一再造成失蹤和**死亡**？」

「都說我對科學一點也不懂！」鯊魚開始感到不耐煩了。

我冷冷地說：「那麼，你們大可以再製造一次意外，使我成為意外中的受害者，就可以省回這一大筆錢了。」

鯊魚的臉色漸漸變得難看，挺起身子，流露出**黑社會頭子**的那股狠勁說：「第一，拿錢出來的人，根本不在乎**錢 $**；第二，如果你真的要作對到底，那麼，你所說的事，也不是不可能發生！」

他終於出言**威嚇**了，我依然冷笑着，「好，那麼我就等着『意外』發生！」

鯊魚霍地站起，神色憤怒，盯了我片刻，着急道：「為什麼？你已經付出很大的代價，都變成**瞎子 👁**了！」

我立時說：「是的，你說得對，我已經付出了很大的

代價，所以總要取回一些什麼來。」

「這許多錢，就是你能取回的東西！」他大力拍了一下盛滿鈔票的**旅行袋**。

但我嘆了一聲，「沙先生，你不明白，我不要錢，我已經有足夠的錢，**衣食無缺**。所以，更多的錢，也無法打動我的心。」

　　他俯下身來，向着我大聲吼叫：「那麼，你想要什麼？」

　　我義正詞辭地説：「我要明白事情的**真相**，要郭先生和羅定回來，還要知道陳毛的死因！」

第十五章

衛斯理的抉擇

我理直氣壯地提出了我的要求，鯊魚 **呼吸** 急促，既憤怒又為難，「你的要求，我根本沒能力答應！」

「那就等你有這個能力的時候再來找我。」我說。

白素把旅行袋的 **拉鍊** 拉好，推向鯊魚，「沙先生，他需要休息，請你回去吧。」

鯊魚盯着白素，他或許不知道白素的來歷，以為這樣惡形惡相就可以嚇倒她，但白素始終 **氣定神閒** 地

保持微笑，鯊魚反倒尷尬起來，拍了兩下那個旅行袋說：

「好，我用這筆錢，向你們買回那件東西，行不行？」

他所指的自然是那根**金屬管**，我笑了一下，「對不起，你不是物主，而我也不是賊，我不會把別人的東西賣給你。除非真正的物主來找我，能清楚解釋那是什麼東西，證明他是真正的物主，我會 ***無條件*** 把東西還給他。」

鯊魚忍不住怒吼道：「你明知道不可能，為什麼要為難我！」

他惡狠狠地瞪着我，我仍然假裝是瞎子，**眼神放空**。鯊魚提起了旅行袋，交給手下，然後一起轉身走，但來到門前之際，他又停了下來，「衛斯理，你的確和傳說一樣，不過，這次你要是不肯放棄，對你實在沒有好處。」

我冷笑道：「其實我和你沒有什麼好談的，你根本沒

有能力回答我的 **要求**。」

他也冷冷地笑，「別奢望了，派我來的人，他絕對不會來見你，而我也決不會說出他的身分！」

我淡然一笑，「就算他 **不願意 露面**，至少也該派個科學家來，好為我解答一下心中的疑問，而不是派你抬着鈔票來收買我。你們把我衛斯理當成什麼人了？」

鯊魚深吸一口氣，想了一會，說：「你的意思是，如果讓他們兩個來，你就肯 **放棄** 這件事？」

他說的那兩個人，自然是王直義和韓澤。

我點了點頭，「如果他們能解答我 **心中疑團** 的話。」

鯊魚又吸了一口氣，「好，我盡量替你安排。再見。」

他和他的手下走了。白素去把門關好，然後回來問我：「你認為怎麼樣？」

我皺着眉，「我從他身上根本得不到任何有用的 **資訊**，希望他真的能安排王直義和韓澤再來與我相會。」

「你覺得整件事的『**幕後主持人**』是誰？」

我實在無法回答，反問：「你有什麼看法？」

白素搖着頭，「我只知道這個人的身分地位一定極高，而且 **財雄勢大**。」

我點頭道：「那是一定的。」

我和白素繼續討論了幾分鐘，**門鈴** 🔔 突然響了起

來，白素去開門。

我馬上聽到了王直義的聲音：「據說，有人希望和我談談。」

鯊魚才走了不到 **幾分鐘** ，王直義就出現在我家門前了，這實在是出乎我意料之外。

「請進來。」白素帶王直義走進客廳，在我對面坐下來。

他只是在 **服裝** 上跟之前幾次見面時不同，容貌卻是一樣，我不清楚這是他的真面目，還是經過化裝。

王直義慨嘆：「為什麼世上總有那麼多 **愛管閒事** 的人？」

我心中不禁生氣，回敬道：「王先生，好朋友失蹤，自己雙眼 **失明** ，這不算是閒事吧！」

「你那位好朋友一定會回來，只要你肯不多管閒事。

而你的雙目失明，嘿，只好騙別人，騙不過我！」

我不禁心頭一震，王直義竟然一下子就識穿了我雙目失明是**假裝**的，不愧是個傑出的科學家！

他盯着我，「你何必一定要和我們過不去？你的**好奇心**真的強烈到，非要將一個偉大的理想扼死為止？」

我不必再裝盲了，整個人放鬆了不少，我說：「王先生，你是一個出色的**科學家**，但是，你的行動造成

了危險，而且完全受某一個 **神秘人** 操控着，這令人非常不安。」

他辯護道：「我的工作需要大量資金，多到你不能想像，沒有這種支持，我什麼也做不成！」

「這種支持，包括使你成為一幢大廈的業主？」

王直義直認不諱：「是！ **這是必須的！** 」

我立即追問：「那幢大廈到底有什麼作用？它肯定不

是一項純粹的**商業**投資，所有怪事都是從那幢大廈開始的。」

王直義怔住了，然後眼神變得很無奈，「你要怎樣才肯罷手？」

我依然是那個要求：「我要知道全部的**真相**！」

王直義像是被黃蜂螫了一樣地叫了起來：「不可能！」

我威脅道：「其實你不説，我也有辦法知道。只要我對外 公布 ，有兩名鼎鼎大名的科學家，正在隱姓埋名從事一項神秘的研究工作，自然會有世界各地的 傳媒 、警察，甚至科學家，去把真相查出來。」

王直義的臉色變得十分難看，口唇顫動着，雖然沒有發出聲音來，但我知道他一定在狠狠地**咒罵**我。

這時候，我可以説已經佔了上風，雙手托在腦後，擺出一副好整以暇的姿態來，「如果你選擇對我説，我還有

可能替你**保守秘密**。你自己考慮清楚吧！」

王直義低頭想了好一會，突然說：「如果我能使你和那位郭先生見面，你去不去？」

我大感驚訝，他這句話來得太突兀了，我從沒想過他會提出這樣的建議。我只好**小心**翼翼地反問他：「為什麼你不叫郭先生到這裏來？」

王直義抬起頭，無奈地苦笑了一下，「你應該知道，有許多事情，不是人的**力量**所能控制，但是我保證你一定可以和他見面。」

我望向白素，白素在搖頭勸我別答允。可是，王直義提出的建議，**誘惑力**實在太大了！

「好的，你帶我去！」我下了決定。

王直義點了點頭。

我站了起來，「*立刻就走！*」

但白素馬上說：「我也去！」

王直義搖着頭，「對不起，我只能讓衛先生**一個人**去。」

「為什麼不能帶我一起去？那究竟是什麼地方？」白素**質問**王直義。

王直義的回答簡直令人氣憤，他竟然說：「不知道，我也不知道！」

我登時**火冒三丈**，「這是什麼意思，開玩笑？」

王直義連忙搖頭道：「不，你可以見到郭先生的，

或許，還可以見到那位羅先生。」

　　我經歷過的 稀奇古怪事情 也算不少，但是像王直義說得那樣荒謬詭異的情況，卻令我完全摸不着頭腦。

　　只見王直義長嘆了一聲，「老實說，你到了那地方之後，我根本無法保證你一定可以回來。這就是我為什麼只讓你一個人去的 原因 。」

第十六章

怪異經歷再次發生

王直義竟然説，帶我到那個地方去，不能保證我能回來。那到底是什麼意思？如果是惡意想把我**禁錮**，他不會現在就坦率地告訴我。那麼，他是真的沒有能力保證我能安全回來，那到底是一個什麼可怕的地方？真令人**費解**到極！

「你不能先告訴我，那是什麼地方嗎？」我問王直義。

他嘆了一口氣，「我說出來，你也不會相信。你必須親自去一趟，才會明白這個項目的 偉大 ，也可以親眼看到郭先生是否安然無恙。」

我又向白素望了一眼，這次她卻對我點了點頭，因為她知道我已經下定決心要去了，倒不如支持我，給我 鼓勵 。

我感激地笑了一下，「我一定會平安回來的。」

然後，我就與王直義一起出門了。

我上了王直義的車子，一路上他並沒有説話，不一會，車子駛上一條**斜路**，我不禁奇怪起來，因為這正是通往那幢大廈的路。難道小郭和羅定還在這幢大廈之中？

車子很快已經駛到大廈門口了，王直義停好了車，説：「**請下車**。」

我跟着他下了車，一起走進大廈的**大堂**。

「你帶我到這裏來幹什麼？小郭在這幢大廈內？」我疑惑地問。

「你也可以這麼説。」王直義的回答令人**莫名其妙**。

「什麼意思？」我問。

「你很快就會明白，現在，你可以**單獨啟程**！」

可是我一點也不明白，瞪着眼問：「由哪條路去？」

王直義來到那電梯前，按了 **按鈕**，電梯門打開，他說：「由這裏去！」

我怔了一怔，覺得自己開始捕捉到一點什麼了。

所有的怪事，全在這幢大廈的電梯中開始，我要走進這件怪事裏去，自然也得從這部 電梯 起步。

我望着敞開的電梯門，心中有點猶豫，王直義望着我說：「你現在還來得及改變主意，但以後請別再管我的事了！」

「**誰** 說我*不去*?」我一面說，一面跨進了電梯。

和普通的電梯一樣，電梯的門自動慢慢合上，王直義在外面說了最後一句：「請你記住那地方的詳細情形，**我希望你能回來！**」

電梯門關上後，我立時感覺到電梯在向上升，但我沒有按過任何按鈕。

我抬頭向電梯門上方的**表板**  看去，發現所有的燈都沒有亮着，無法知道電梯已升到哪一個樓層，是指示燈又壞了嗎？

我立時記起羅定所說，他在這個電梯中的遭遇，我的手心不禁有點**冒汗**。

約兩分鐘後，電梯顯然還在向上升，但就時間來説，它早應該到達頂樓了。然而，電梯

還在向上升，**不斷地升着！**

這正是羅定所説的情形！

自然，當日我在樓下等候小郭上去取回**手表**時，等了那麼久，他也一定是遭遇了同樣的情況。

我能想像他們當時的慌張與恐懼，因為這時，我雖然對這情形早有所聞，卻還是壓制不住心中難以言喻的恐懼。

時間已經過了 **五分鐘**，可以説，世界上還沒有一幢大廈高到要坐五分鐘電梯，也還未到頂的！

電梯還在繼續向上升，我開始**不由自主**地大叫起來。

又過了十分鐘，電梯還是上升着。我心中亂到了極點，取出一柄小刀，旋開了所有我能看得到的**螺絲**。這樣做，可能是一種潛意識的反應，想了解這電梯到底在

幹什麼，怎樣才可以把它弄停。

我發覺我能拆開電梯內的 **鋁板**，在薄薄的鋁板後面，是極其複雜的裝置，我完全無法說出那是什麼，只看到密密麻麻的結構，有着一排排韓澤稱之為「**攝影機**」的金屬管子！

我不清楚這些裝置的作用是什麼，但可以肯定，這絕對不是一部正常電梯該有的結構，我甚至從未在任何機器中見過這樣奇特的 **構造**！

我呆呆地望着那些裝置，嘗試用小刀去碰一束極細的電線接觸點，登時冒起一蓬細小的 **火花**，並響起「拍拍」的聲音。

我嚇得後退了一步，又大聲叫了起來。這一次，我只不過叫了幾聲，電梯突然停住了，電梯門亦隨即打開。

我急不及待衝了出去，有一種終於 **逃出生天** 的感

覺，扶住了牆，不由自主地喘着氣。

也許我衝出來的腳步聲太重，左邊**單位**的門慢慢打開來，那扇門開得十分慢，簡直就是**恐怖電影**裏，有什麼可怕的神秘人物要現身一樣！

我盯着那扇門，當整扇門完全打開的時候，我看到一個人站在門口，望定了我。

那是羅定！

突然之間見到羅定，我感到非常驚訝和激動，一時之間不知道該如何反應。只見羅定的面色十分蒼白，可怕之極。

這時候，我的身後亦傳來了「**啪**」的一下開門聲，我連忙轉過身去看，登時呆住了！

因為另一個單位的門也打開了，一個人站在門口，**正是小郭！**

一看到了小郭，我不禁又驚又喜，我叫了他一聲，可是他沒有即時回答我。

羅定和小郭的神情也顯得很**驚訝**，望了望我，然後兩人又互相對望了一眼，像如夢初醒一樣，突然拔足向我奔來！

我大吃一驚，不知道他們兩人想幹什麼，難道他們已變了**喪屍**，要來咬我？還是他們看到我，認為救兵來了，所以激動得要跑來跟我擁抱？

但我全猜錯了，原來他們不是奔向我，而是奔向**電梯**，拚命按着電梯的按鈕，可是電梯門早已關

上，電梯也完全沒有反應。

　　兩人十分失望，馬上又變回垂頭喪氣的**絕望神態**。

　　我急急向小郭走去，看見他面色十分蒼白，神情茫然。

　　我要問他問題實在太多了，一到了他的面前，我就說：「小郭，怎麼回事？你為什麼一直留在這裏不回去？」

　　「回得了嗎？」他的聲音十分微弱，語氣沮喪，指着那已經關上門沒有反應的電梯。

　　然後他向自己剛才走出來的那個單位，揚了一下頭，苦笑道：「你進去看看就知道了。」

第十七章

另一個空間

小郭叫我進入那個住宅單位看看，我心中**疑惑到極**，他一定有什麼很特別的東西讓我看。我於是跟着他進去，一踏入大門，不禁大失所望，什麼也沒有，只是一個普通的住宅單位，**空蕩蕩**的。

我呆了一呆，向小郭望去，「你叫我看什麼？這裏什麼也沒有。」

小郭神情呆滯，雙手抱着頭，靠牆慢慢地坐了下來，然後往陽台的方向**指了一指**，顯然是叫我到外面去看看。

我心中充滿疑惑，慢慢走向**陽台**，一踏出去，不禁

呆住。

現在，我是站在一幢大廈的陽台上，這幢大廈有**二十七層高**，假設我在其中最高的一層，那麼，我站在陽台上，向下望去，應該會看到什麼呢？

我所能見到的，自然是**城市的俯瞰**，是小得好像火柴盒一樣的汽車，蟻一樣的行人，和許多許多其他的東西。

可是這時，我向下望去，什麼也看不到。

我只見到茫茫一片，那種情景實在難以形容。但我可以肯定，那絕不是有**濃霧**遮住了我的視線，而是在我目力所及的範圍內，根本什麼也沒有！

我突然感到一股**寒意**從頭涼到腳，不由自主地發出了一下呼叫聲。

這種茫茫一片，什麼也看不到的情景，我從羅定的敘

述中得知過，但聽人說是一回事，自己**身歷其境**又是另一回事，我完全被這種情景所震懾。

我勉力定了定神，走進屋內，向仍然蹲在牆角的小郭大聲問：「小郭，這是怎麼一回事？我們究竟在什麼地方？」

小郭抬起頭來，「我不知道，我真的不知道。」

我把他拉起來，「走，**我們回去再說！**」

小郭臉上現出深切的悲哀，「沒有用，電梯門關上了。」

「可以走**樓梯**。」

「這裏沒有樓梯。」他說。

我呆了一呆，和他一起坐在地上，**冷靜**了一下，然後問：「那麼你到底發生了什麼事？怎麼會到這裏來？」

小郭說：「那天我不是要取回手表嗎？可是坐電梯的

時候，電梯一直向**上升**而沒有停下來，和羅定早前所描述的情況一樣。過了許久，電梯終於停下，我走進這個單位，隱隱感到有點不對勁，踏出陽台看看，看到了你剛才也看到的怪象。我一時**驚惶失措**，便匆匆離開。那時幸好電梯門仍是打開的，我連忙衝入電梯，坐電梯回到大堂去。」

　　他回到大堂時的情形我是看到的，我着急地問：「回到 **大堂** 之後，你神情激動，把我都遺忘了，自己一個開車離去，但接着呢？怎麼又會回到這地方來？」

　　小郭繼續説：「當晚我開車直駛到**海旁**，只覺心中很亂，便下車沿海旁走着，想讓頭腦冷靜一下，怎料忽然被人從後偷襲，昏了過去，當我醒來的時候，我已經在電梯中，等到電梯停止，我走出來，電梯門卻隨即關上，而我就一直在這裏了。」

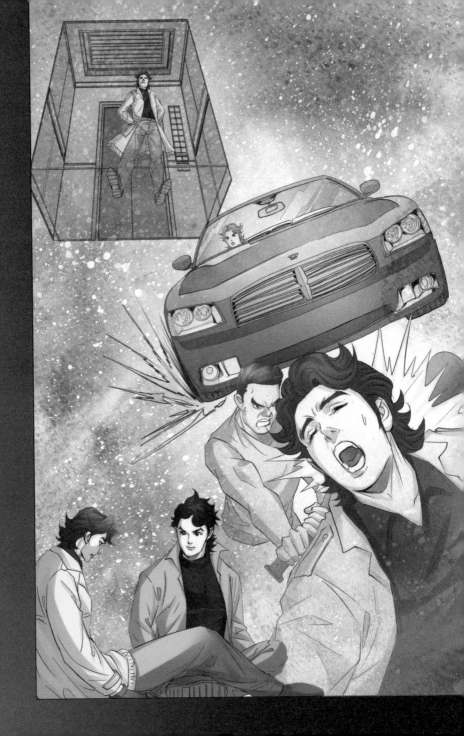

「**一定是鯊魚做的！**」我馬上想起了鯊魚，他受委托做保密工作，大概是知道了小郭的職業，認為用金錢、威嚇等方法令其封嘴都不可靠，所以就索性將小郭打暈，送到這裏來。但我暫時沒有向小郭**解釋**太多鯊魚的事，先關心地問：「已經有很多天了，你靠什麼生活？」

「奇怪得很，我所有的感覺，似乎都**停止**了，不覺得餓，也不覺得冷和熱，好像活在另一個世界裏。」

「**另一個**世界**？**」我大惑不解。

就在這個時候，羅定已經像**幽靈**一樣，不動聲色地走了進來，忽然開口說：「不是另一個世界，而是另一個空間。」

我心頭一震，「另一個空間是什麼意思？」

羅定苦笑着，「我對科學不是很懂，但王直義對我說過，**這是另一個空間。**」

羅定果然隱瞞了不少秘密，我竭力使自己鎮定下來，勸道：「羅先生，現在我們三個人坐在同一條船上，命運被綑在一起，我想，你不應該再對我們 **隱瞞** 什麼了。」

羅定深吸了一口氣，說：「我是第一個在電梯中有那種怪異遭遇的人，後來逃了出去，撞了車，在 醫院 中，接到了王直義的電話。」

我和小郭默不作聲，等待他說下去。

羅定娓娓道來：「王直義在電話中問我對警方講了些什麼，我說我已將我的遭遇說了出來。他說那還不要緊，人家不會相信我的 **遭遇**，不過他希望和我見面，我在出院之後，就和他會了面。」

我和小郭仍然不出聲。

羅定繼續説：「他一見
我，就給我**二十萬元**，
只要求我不再向別人提起這
件事，我當時就答應了他。
後來，我愈想愈奇怪，覺得
他如果一下子就肯拿出二十萬元來叫我 **守口如瓶**，那
麼他一定還可以拿出更多的錢來，所以我——」

「看不出你是這樣貪婪的人！」我忍不住打斷道。

羅定苦笑了起來，「我接
連又向他要了兩次錢，他都給
我，我還 ***跟蹤*** 他到郊外的住
所，去見過他幾次，每次他都
給我錢。後來我想向他要一筆

很大的數目，保證以後不再去騷擾他。他責怪我**貪得無厭**，説一切費用全是幕後人拿出來的，數字太大他作不了主，接着，他又提及他在研究的工作。」

羅定一説到這裏，我和小郭都緊張起來。

羅定吸了一口氣，「他説他在進行的工作要保密，但絕非什麼犯罪行為，而是科學領域上**劃時代**的創舉，他要使人進入另一個空間，已經接近成功的邊緣了，只剩下一些技術問題，未能做到自由進出，他是那樣説的。」

我和小郭互望了一眼，都**驚駭**得説不出話來。

羅定接着説：「王直義最後答應我，可以給我那筆錢，但條件是我要幫他進行一次試驗，他要我再進入那部電梯。我本來是**拒絕**的，可是那筆錢的數目實在太誘人，我最後還是答應了他，因為上一次，我只不過受了一場虛驚，並沒有什麼實質的傷害。誰知道這一次，我搭了

那電梯上來，卻再也回不去了！」

　　我 **心中極亂**，必須想辦法離開這裏，突然想起：「電話！我們可以打電話聯絡外面的人！」

　　我立刻掏出手機，但小郭苦笑道：「沒有用的，這裏接收不到 **訊號** 。」

　　果然，手機顯示沒有訊號，我大惑不解：「怎麼會這樣？你不是曾經打過一通電話給太太嗎？那個電話是不是你打的？聲音很古怪，像是錄了音之後再用慢速播放。」

「是我打的。」小郭説：「本來手機一直沒有訊號，可是某一天，曾經有短暫的一刻，我發現手機收到**微弱的訊號**，於是立刻嘗試打電話回去，她的聲音聽起來很尖很快，像鴨子叫，我聽不清楚，只好自顧自地説，可是才説了幾句，訊號又斷了。而幾日後，我手機的**電力**也耗盡了。」

我感到失望之際，突然又想起了另一個人，「陳毛！他是不是也來過這裏？他發生了什麼事？」

小郭現出驚恐的神情説：「最初只有我一個人，後來，那個**管理員**陳毛來了，但又走了。再後來，羅定來了。然

後，你也來了。」

我吞了一下口水，戰戰兢兢地問：「陳毛是怎麼離開這裏的？」

小郭望定了我，指向陽台，猶有餘悸地說：「他不顧一切，從陽台**跳了下去**！」

一聽到他這樣說，我不禁打了一個**寒顫**！

第十八章

突破空間的方法

　　我把陳毛的**下場**告訴了小郭，小郭聽了，也不由自主地打了一個寒顫。

　　「太不可思議了！」我説：「從大廈一個單位的陽台跳下去，居然會跌死在該大廈的天台上。那怎麼可能？完全違反了一切物理定律，就算**愛因斯坦再世**也——」

　　我講到這裏，突然停了下來，因為心中閃過一個念頭，我好像捕捉到一些**端倪**了！

小郭畢竟和我相識很久，看到了我的反應就立即問：「怎樣，你想到了什麼？」

我深深地吸了一口氣，然後吐出了兩個字：「時間。」

羅定和小郭都用 **疑惑** 的眼光望着我。

我又說：「所謂另一個空間，是時間和原來不同的一個空間，你們明白麼？」

他們依然 **一臉茫然**。

我解釋道：「那電梯，其實是使時間變慢的機器，在時間變慢的過

程中，我們到達了另一個空間——時間**變慢**了的**空間。**」

羅定和小郭看來仍不明白。

我説：「根據愛因斯坦的**相對論**，如果時間變慢，所有的一切，都按比例伸展，舉個簡單的例子，時間慢了一倍，這幢大廈就高了一倍！」

羅定和小郭都「**啊**」了一聲。

我繼續説：「電梯一旦啟動了使時間變慢的機制，電梯內的人和物就在時間變慢的情形下**不斷向上升**，而大廈也相對地向上延伸，所以要那麼久，電梯才停下來，我們也到達了另一個空間！」

「所以我們現在身處在一個時間變慢了的**空間**之中？」小郭問。

我點了點頭，「對，我們自己看來動作正常，但如果

我們與原來空間的人聯絡，那麼，我們的行為全是**慢動作**，我們的聲音聽來也像慢速播放一樣！」

羅定搶着問：「那陳毛的情形又怎麼樣？為什麼他在這幢大廈的陽台跳下去，結果**跌死**在這幢大廈的天台上？」

我吸了一口氣，一邊思索，一邊説：「在我們的空間

裏，**大廈**變高了許多，但是在正常的空間中，大廈還是和原來一樣高。我想，陳毛在這個時間變慢的空間，跳下陽台，由於大廈相當高，使他有很長的時間去**加速**，他下墮的速度不斷加快，終於快到某個程度，能夠突破空間的障礙，回到原來的空間去。但這大廈在原來的空間沒有那麼高，所以他就跌在大廈天台上了。」

小郭不愧是開**偵探事務所**的，馬上提出疑問：「等等。陳毛從陽台跳出去，就算真的能從這個空間，突破回到原來的空間，不論大廈的高矮，他也應該跌在**地面**，而不會跌在天台上。」

「這一點我也想不通。」我思索了一下，然後說：「有一個可能，那部電梯的**上升軌迹**，與大廈並非完全垂直平行，在角度上出了些微偏差，導致兩個空間的大廈，也有了些微的**偏移**，所以陳毛剛好跌在天台靠邊

緣的位置。」

兩人慢慢地點了點頭，似乎覺得我的推論也有道理。但羅定馬上苦笑道：「以這個方法突破空間又有什麼用？我可不想那樣跌死。」

我默不作聲，在客廳來回**踱步**，眉心打着結，小郭果然懂我，驚駭地叫了起來：「你瘋了！你不是想**冒險**試試吧？」

我連忙說：「我當然不會像陳毛那樣直接就跳下去，我的意思是，這裏會不會有什麼東西可以利用？」

羅定悲觀地說：「不用想了，這裏都是空房子，哪有什麼東西可以用，難道會讓你找到**降落傘**嗎？」

「降落傘反而不能用。」我解釋道：「從這裏跳下去，是靠速度來突破空間，所以不能打開降落傘，要讓身體下墮的速度不斷加快，快到足以突破空間為止，才可以

打開降落傘。可是我們不清楚突破空間之後，與大廈天台還有多少 **距離** ，有可能我還來不及打開降落傘，就已經撞到天台上了。」

「所以這個方法不可行！」小郭説。

但我突然凝神望着屋內一個房間的 門 ，小郭很快就明白我在想什麼，驚問：「你不是想拆下那扇門，抱着它一起跳下去吧？」

我點了點頭，「如果門先落地，抵消了 *撞擊力* ，那麼，我就有可能逃過大劫。」

我沒有去看他們的反應，逕自走到那扇門前，掏出小刀，把門拆下來。接着，我又用小刀在門上較高的位置，挖出了一個洞，使我的手可以 *穿*

過去。

我叫小郭和羅定扶住了那扇門，我攀高了些，手穿進那個洞中，那樣就可以緊緊地抱住門。

我樂觀地說：「如果保持這個姿勢落地，就有**一線希望**了！」

但小郭苦笑道：「可是，你的人比這扇門重，結果一定是你的身子先着地，跌個**粉身碎骨**！」

「對。」我說：「所以要拆洗臉盆，你們來幫幫我。」

我立刻走到浴室，他們也跟來，我們三個人一起動手，拆下了**洗臉盆**，就用原來的螺絲，將它固定在門的下面。但看來仍不夠重，於是我又把其餘廁所

和廚房的洗手盆都統統拆下來，甚至拆了一個**浴缸**，全加到門的下面去，確保重量足夠。

同時，我又用小刀，在門上刻出一些紋理，「我抱着這東西跳下去的時候，下方的浴缸和洗臉盆先着地粉碎，化解了部分撞擊力，然後這扇門也會**四分五裂**，並且沿着我劃出來的刻紋裂開，卸去大部分撞擊力，而我則會被橫向拋出，滾跌在地上，頂多跌斷了**腿骨**，或者手部脫臼。」

「你會不會想得太樂觀了？」小郭質疑道。

羅定更是呆呆地望着我，覺得我是個**瘋子**。

「來！快幫我把這個東西抬到陽台的**欄杆**上！」我催促着他們。

一切準備就緒後，我也攀上了欄杆，伸手穿過門上的洞，緊緊抱住那扇門，對他們説：「如果我取得成功，

我會汲取這次成功的**經驗**，準備更好的工具回來接你們。」

「你想清楚了嗎？」

小郭擔憂道：「我真的不相信有人可以抱着這樣的東西從高處墮下而不會粉身碎骨。」

「別説掃興的話，**等我回來！**」我接着認真地問：「陳毛是從這個位置跳下去的嗎？」

「是。」小郭點點頭。

「好，把我推下去！」我説。

小郭和羅定**面面相覷**，不敢動手。

「快點！」我催促道。

他們兩人深吸一口氣，用力一推，我和那扇奇形怪狀

的門便一起往下跌去。

經過改裝的門，重心在下面，所以下墮的時候，可以一直保持頭在上，**腳**在下，垂直掉下去。

我保持低頭**往下看**，留意着大廈的天台會在何時出現。

下墮的時間比我想像中長，由於地心吸力，下墮的速度不斷加快，快到使我幾乎窒息，**五臟六腑**好像要從口中噴出來一樣。

我竭力忍受着各種難受和痛苦，直到我真的完全窒息，無法呼吸的時候，我感覺到身體突然震動了一下，然後，**我**終於看到大廈的**天台**了！

第十九章
瘋狂的冒險

當我看到那幢大廈天台之際，我估計距離大約還有**一百呎**，可是我下墮的速度實在太快了，我只來得及發出一下大叫聲，接着一聲巨響，和一下猛烈無比的**震盪**，我已經直撞到天台上了。

那撞擊力大得出奇，我以為自己**必死無疑**了，但不知道什麼原因，天台的那個位置，也就是陳毛伏屍之處附近，堆滿了**雜物**。我後來看清楚，那些雜物也不是隨便堆放的，它們全是墊子、棉被、紙皮箱、吹氣游泳池、**救生圈** ⊚ 等等，反正所有能吸收撞擊力的東西，都堆放在這裏。不過即使如此，我從極高處墮下，那撞擊力

之大，**洗臉盆**和浴缸依然應聲粉碎，我抱着的木門亦四分五裂，沿着我用小刀刻好的紋理裂開，我整個人倒向一邊，連同一堆紙皮箱滾跌了開去。幸好這一切都吸收和卸掉了大部分的撞擊力，我才保住了**性命**，但那絕對是運氣使然，我要是再跳一百次，恐怕也會死掉 九十九次 ，因為任何一個環節出了少許變化，我都會落得陳毛的下場。

我的手在地上一撐，勉力挺身站了起來，也顧不得全身的酸痛，忍不住大聲歡呼：「**我成功了！**」

我從那個時間變慢了的空間，回到正常的空間來了！

這時候，我聽到一下鐵門開啟的**聲響**，一個人從電梯機房的位置，轉過牆角走了出來，驚訝地望着我。

那是王直義！

他雙眼睜得極大，眼珠像是要從眼眶中跌下來一樣，

張大了口，一副**驚訝無比**的樣子，「那……那不可能，我沒有辦法解決的問題，你怎麼能解決？」

我向他慢慢走了過去，「是陳毛給我的**靈感**，你記得麼？那個管理員。」

王直義點了點頭。我又說：「那些雜物是你特意堆放的嗎？謝謝，那真是救了我一命。」

但王直義也**十分驚愕**地望着那些雜物，搖着頭，

「不，不是我。我和韓澤也是今天剛來，因為早兩天有重要的事，要去見一個人，沒有來這裏。」

「原來這邊已經過了兩三天嗎？」我有點意外，又問：「你們去見的，是不是那個**幕後主持人**？他怎麼説？他要怎麼對付我？」

王直義嘆了一口氣，「他説，如果你能回來，要麼把你殺掉，要麼就讓你知道多一些這個實驗的內容，滿足你的**好奇心**，然後請你閉嘴。不過，你一對外透露半句，他還是會派人把你殺掉。」

「你看我這樣直掉下來也沒有死，應該知道，把你們的秘密告訴我，會比殺掉我容易。」我嚴肅地説：「而且，我保證，只要能安全把他們兩個都救回來，我就不再管你們的事了。」

王直義**猶豫**了一下，嘆了一聲，「請你跟我來。」

他轉身走去，轉過了 電梯機房 的牆角，問：「你現在知道多少了？」

我一面跟着他，一面回答：「我知道得很少，都是自己猜想的。我猜，那部電梯是一具使 🕐 **時間變慢的機器**，對不對？」

「對。」王直義繼續走着。

我又說：「你們啟動裝置後， 電梯 內的一切，便會

進入一個時間變慢的空間去，而我剛才就是在那樣的一個空間回來，對嗎？」

王直義還未回答，我們已經來到 **機房門口**，那裏站着一個人，正是韓澤。

韓澤看到了我，苦笑了一下，就打開機房的門，讓我們一起進去。

一進去，我就大吃一驚，裏面可以活動的空間雖然不大，但是那些裝置，簡直可以和 **美國侯斯頓** 的太空控制中心媲美，四面全是各種各樣的儀器，有很多大大小小的燈不斷在閃動着，剩餘下來的地方，要站三個人已經極其 **勉強**。

我在兩排儀器之間擠了過去，王直義轉過頭來，一臉自豪地說：「小心你的手，碰錯任何一個按鈕，都可能改變全人類的 **歷史**。」

他的話就算誇大，我也無條件地相信了，我高舉雙手放在頭上，小心翼翼地前行。

王直義帶我來到一個**熒幕**前面，說：「先看看他們。」

只見他和韓澤雙手不停地操作着各種各樣的掣鈕，過了半分鐘，那熒幕上開始出現閃爍的畫面，然後漸漸變得清晰和穩定，可以看到，畫面裏是一個空置單位的**客廳**。

而這個客廳，我再熟悉也沒有了，因為我看到一個人雙手托着頭，坐在角落裏，而另一個人則在旁邊來回**踱步**，他們正是羅定和小郭！

「怎……怎麼會這樣？你們……能看到他們？」我驚訝得有點口吃。

王直義感慨道：「你可知道，我們花了多少年去**研究**，才成功令無線電波貫通兩個不同的空間？」

韓澤更補充：「而且不是每次都**成功**，只有在運氣好的時候才做到，今天運氣不錯。」

我恍然大悟，喃喃道：「怪不得小郭曾經有一刻能接通電話，一定是那時你們剛好把 **無線電波** 短暫接通了過去。」

我看着熒幕畫面，發覺小郭的動作非常古怪，慢得出奇，慢慢地揚手，慢慢地抬腳，比一般電影的**慢動作鏡頭** 還要慢得多。

韓澤知道我在疑惑什麼，解釋道：「在他們那裏，時間慢了十倍。所以，他們的動作，在我們看來，也慢了十倍，連人體內的 **新陳代謝** 都慢了。」

王直義望着我，「衛先生，現在什麼秘密你都知道了，可以罷手了吧？」

我着急道：「我可以暫時保密。但現在最要緊的，是

將他們弄回來。我已經可以肯定，急速的下降，能突破空間的 **障礙**。」

他們驚訝地望着我，王直義説：「你打算回去那裏，帶他們一起再跳一次？」

「不然，你們有辦法把他們弄回來？」我反問。

王直義和韓澤 **面目無光**，韓澤慨嘆道：「開始的時候，純粹是意外，偶然闖進另一個空間的人，還能夠及時退出來。但是後來⋯⋯後來不知怎麼樣，忽然⋯⋯」

我揮了一下手，「不必多説什麼了，我沒有時間聽你 **解釋**。這次我會做足準備，帶上一切所需的 **工具**，把他們弄回來。我現在可以坐電梯下去嗎？」

第二十章

拯救被困者

我回到家中，白素一看到了我，我們就激動地相擁，她說：「別告訴我，你真的用那個**管理員**的方法回來！」

「你怎麼知道的？」我很驚訝，馬上恍然大悟：「天台上的那些東西，原來是……」

白素把我稍推開一點，**雙眼**瞪住了我，氣得幾乎想把我吃掉，「一想起那個管理員是怎麼死的，我就知道，以你的性格，一定不會放過任何可

行的方法回來，無論多**危險**，你都會冒險一試。你簡直是瘋了！」

我笑道：「知我者莫若——」

我的話還沒説完，白素已經又繼續罵：「我還知道，**你 打算 回去再跳**一次！」

我握住了她的手，「我別無選擇，必須再去一次！」

「可是你不會每次都這麼**好運**！」她説。

「對，我這次能保住性命，完全是運氣，結合了一連串巧合的角度和位置，把絕大部分的 **撞擊力** 都卸去了。就算要我再做一百次，也未必能成功存活一次。而那

種巨大的撞擊力，就算用消防氣墊也承受不住，不能確保安全。」

「但你還是要去，對不對？」白素完全了解我的性格。

我安撫她：「放心，這次我會做足準備，帶上**三具降落傘**和一個工具箱。」

「這樣有用嗎？」白素質疑道。

我心中已構思了一個完備的救人方案，向白素解釋過後，她雖然覺得可行，但還是**不置可否**。

「相信我，我已經有過一次經驗。」我説。

她知道我主意已決，只好深吸一口氣，「你萬事要**小心**，一定要平安回來！」

「嗯！」我非常認真地答應她。

一切準備就緒後，白素陪我到那幢**大廈**去，我預

早通知了王直義和韓澤，他們兩人在大堂等着我。

我們將三具降落傘和一個工具箱搬進電梯去，然後我也走進電梯，轉過身來，面對着外面的三個人，我看得出，他們和我，同樣心情緊張。

「別緊張，如果一切順利，只要 **半小時**，我就可以回來了。」我講到這裏，頓了一頓，又補充道：「當然，這邊可能過了不止半小時。」

話音剛落，電梯門已經關上，我抬頭看電梯上面的那一排小燈，全是熄滅的。

現在我已經完全知道，在不斷上升的過程中，時間在逐漸變慢。王直義的研究是**超時代**的，只可惜還未完全成功，暫時只能送人到達時間變慢了的空間，卻不能保證能把人接回來。

電梯不斷上升，這次我當然並不驚慌，我唯一緊張的，是自己能否成功帶着小郭和羅定一起安全回去。

等了許久，電梯終於停下，門打開，我大聲叫了起來。小郭和羅定一起**飛奔**而出，衝進了電梯。

「衛斯理，你真的成功了！**你真的成功了！**」他們一面歡呼，一面拚命地按着電梯內的按鈕，嘗試坐電梯回去，但並不成功，電梯一點反應也沒有。

「罷了，王直義和韓澤也不知道怎樣才可以令電梯接

回我們。你們當初能回去，純粹是**偶然**的事件而已。」

我頓了一頓，再説：「不過我已經想好了怎麼回去，快將東西搬出去吧！」

小郭和羅定只好放棄坐電梯回去，合力將電梯裏的降落傘和工具箱搬進屋內。我一面搬運，一面將我上次跳下去的情形，簡單扼要地説了一遍，他們都用心聽着。

接着，我又向他們講解，我汲取了上次的經驗後，所想到的一個更安全穩當的方法。

但羅定疑惑地問：「你不是説過降落傘不可行嗎？」

「對，降落傘不能一開始就打開，必須等到我們突破了**空間障礙**，回到原來的空間之後，才打開降落傘。」我説。

小郭立即問：「但你上次突破空間之後，與大廈天台還有多少距離？」

「**一百呎左右**。」我答。

「一百呎足夠我們打開降落傘嗎？而且那時我們正處於極快的下墜速度，恐怕還來不及打開降落傘，我們已經掉在天台上，變成**肉醬**了。」小郭質疑道。

「沒錯。」我指着工具箱，「所以我還帶了這個來。」

「這是幹什麼用的？」他們異口同聲地問。

我解釋道：「用來拆掉陽台的**欄杆**。」

兩人瞪大了眼望着我，大惑不解。

我繼續説：「我跌在天台上的位置，和陳毛伏屍的位置差不多，靠近天台的邊緣。我們只要把陽台的欄杆拆掉，便可以從大廳助跑衝出去，用力往外跳，跳出天台的**範圍**，在大廈旁邊落下，這樣我們就有足夠的高度打開降落傘，安全落到地面上。」

兩人聽了之後，臉上都浮現一絲希望的微笑，「這法

子聽起來好像 *行得通* 啊！」

「那還等什麼？快把欄杆拆掉！」我立即提着工具箱到陽台去，他們兩人也跟着來幫忙。

花了好一會時間，我們終於合力把陽台的欄杆拆掉了，可是一不小心，整個欄杆鬆脫掉了下去。我們三人都驚叫起來：「**噢！糟糕了！**」

我們喘着氣，慢慢才冷靜下來，我説：「沒事的，這裏掉下去，剛好落在天台上，應該不會造成什麼傷害。我們快背上降落傘吧。」

羅定對 **降落傘** 的操作不太熟識，我指導着他穿上，又教導他們操作的方法和步驟。

羅定緊張得臉色青白，連小郭的額角上也在冒汗。我們都揹好了降落傘，準備就緒時，我再清楚説一遍：「一切聽我號令，跟着我，助跑衝出陽台，用盡全力向外跳出

去，愈遠愈好。接着，下墮的速度會相當快，大家要忍受着，當看到了大廈天台時，我會伸出**左手**，豎起拇指示意，到時立刻拉開降落傘。只要過程中沒有出意外，我們應該會在大廈旁邊慢慢降落到地面。」

小郭和羅定深吸一口氣，點了一下頭。然後我就一聲令下：「**走！**」

我們從大廳開始助跑，向陽台奔去，踏着陽台的邊緣，奮力向外一跳，三個人一同下墮。

我比他們兩人早一點點下墮，他們在我左右兩邊，緊隨着我的後面，不到兩米的距離。

我們極目望去，什麼也看不到，等到忽然可以看到東西時，那是突如其來的事，我們看到了**一股濃煙**升起，然後大廈的天台就出現在眼前。由於我有經驗，反應也最快，立時伸出左手，豎起拇指大叫：「**拉！**」

等到三個降落傘都張開了，我們離天台已經相當近，幸好並非在天台的上方，沒有直撞到天台上。而我們也清楚看到，那一股股的濃煙是從機房冒出來的，我初時大感驚愕，但很快就恍然大悟，叫了出來：「 陽台 的欄杆！」

那個我們不小心掉下的陽台欄杆，剛好擊中了機房的屋頂，引起 爆炸 和大火，烈焰沖天。

我們三人乘着降落傘，在大廈旁邊緩緩落下，着陸地面，剛好就在大廈的大門外，而且可以看到，周圍已停滿了 消防車 、警車和救護車。

我一着地，白素已經不知從哪裏跑了過來，幫我擺脱降落傘的繩索，驚心動魄地説：「嚇死我了，剛才忽然一聲 巨響 ，我以為你們降落傘失靈，直撞到天台上，接着還有爆炸聲和大火，我即時報了警，然後正想跑樓梯上

天台去找你，但抬頭一看，好像有**三個降落傘**在緩緩落下，我才鬆了一口氣！」

「我們沒有事，是陽台的欄杆擊中了機房。」我緊張地問：「王直義和韓澤呢？他們在哪裏？」

「不知道。」白素搖搖頭，「消防員正在**救災**。」

小郭和羅定也掙脫降落傘的繩索了，我們一同望着眼前這幢熊熊燃燒着的大廈，心裏不禁在想，王直義和韓澤恐怕**凶多吉少**了。

大廈失火後的第三天，我和小郭又一起來到「**災場**」看看，只見整幢大廈燒剩了一個空架子，若干消防人員還在做善後工作。

整個火災過程中，並沒有發現屍體的報告。我大感疑惑，當時王直義和韓澤不在機房裏嗎？那至少也在大廈之內吧，怎麼會消失得無影無蹤，連**屍體**也找不到？

更奇怪的是，連我收藏起來的那根金屬管子也**不翼而飛**，不知道是他們派人來盜走了，還是那東西懂得自己**消失**。

我不清楚王直義和韓澤的去向，自然也不知道資助他們的**幕後主持人**是誰。

雖然我後來又遇到過「鯊魚」幾次，但他卻裝作完全不認識我，而我也不想向這種人追問什麼。

那幢大廈，後來當然是拆掉了。至於那個瘋狂的**實驗**，會否在世界某個角落仍繼續進行着，我就不得而知了。（完）

案件調查輔助檔案

圖謀不軌

那個老僕人在我背後，拿着一根古怪的金屬管子，對我**圖謀不軌**，給我轉身時看到了。

意思：形容謀劃不法叛逆的事。

作賊心虛

「那表示他**作賊心虛**，不敢面對我的指摘。」

意思：比喻做壞事怕人察覺而內心不安。

面有憂色

「他要來嗎？那怕不怕？」白素**面有憂色**。

意思：形容愁眉苦臉。

和盤托出

我厲聲道：「你應該將一切**和盤托出**！」

意思：比喻毫無保留的全部拿出來或説出來。

衛斯理系列 少年版 25

大廈 下

作　　　者：衛斯理（倪匡）

文 字 整 理：耿啟文

繪　　　畫：鄺志德

助理出版經理：周詩韻

責 任 編 輯：陳珈悠

封面及美術設計：雅仁

出　　　版：明窗出版社

發　　　行：明報出版社有限公司

　　　　　　香港柴灣嘉業街 18 號

　　　　　　明報工業中心 A 座 15 樓

電　　　話：2595 3215

傳　　　真：2898 2646

網　　　址：http://books.mingpao.com/

電 子 郵 箱：mpp@mingpao.com

版　　　次：二〇二二年七月初版

I S B N：978-988-8688-45-6

承　　　印：美雅印刷製本有限公司